MAE'R LLYFR

DREF WEN

HWN YN PERTHYN I

....

I Rudy

LLYSIAU

Y CYNHAEAF

FFERMIO DA

Cyhoeddwyd gyntaf yn Saesneg gan Bloomsbury Publishing plc o dan y teitl *Donkey's Busy Day*, 2009.

© Dref Wen, 2009

Hawlfraint y testun a'r lluniau: Natalie Russell, 2009

Nodwyd hawl foesol yr awdur/darlunydd

Trosiad Hedd a Non ap Emlyn

Mae'r cyhoeddwr yn cydnabod cefnogaeth ariannol Cyngor Llyfrau Cymru.

Argraffwyd yn China

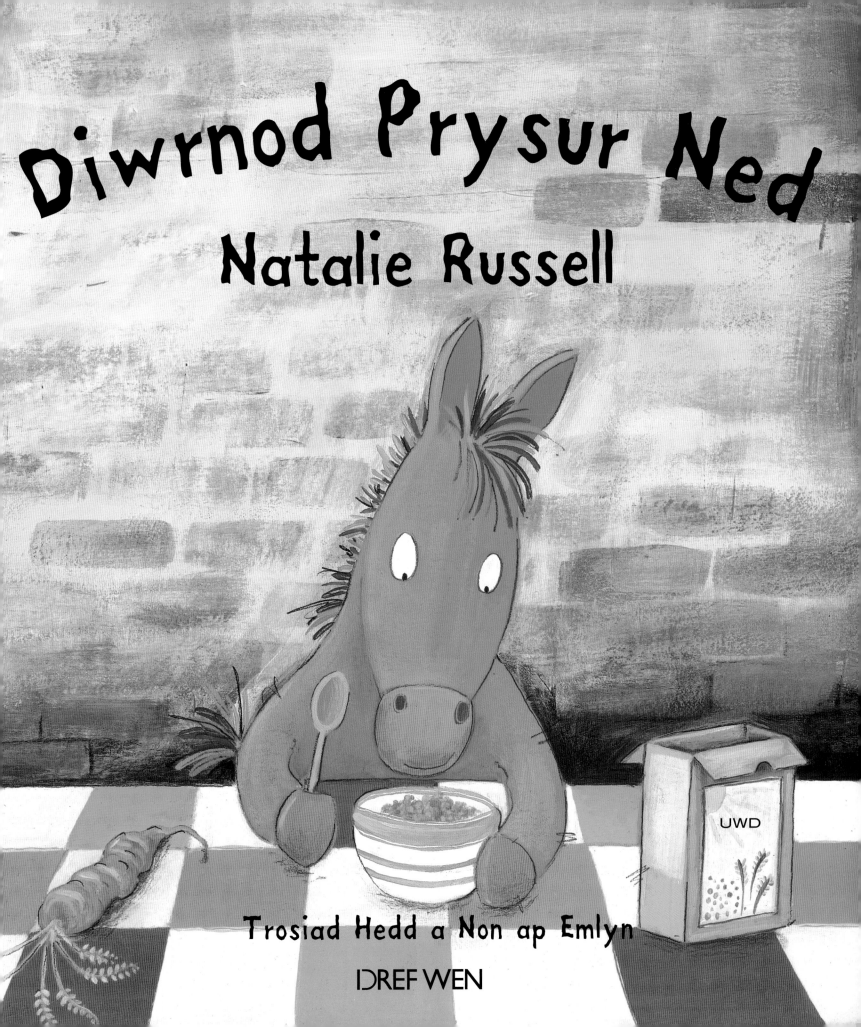

Diwrnod Prysur Ned

Natalie Russell

UWD

Trosiad Hedd a Non ap Emlyn

DREF WEN

Roedd hi'n ddiwrnod hyfryd ar y fferm. Roedd Ned wedi codi'n gynnar ac roedd e'n barod i wneud diwrnod arall o waith.

Beth?

Aeth e at y tŷ i weld pa waith
roedd y ffermwr eisiau iddo
ei wneud.

Pan gyrhaeddodd e'r tŷ, doedd y ffermwr ddim yno. Yna, gwelodd e nodyn.

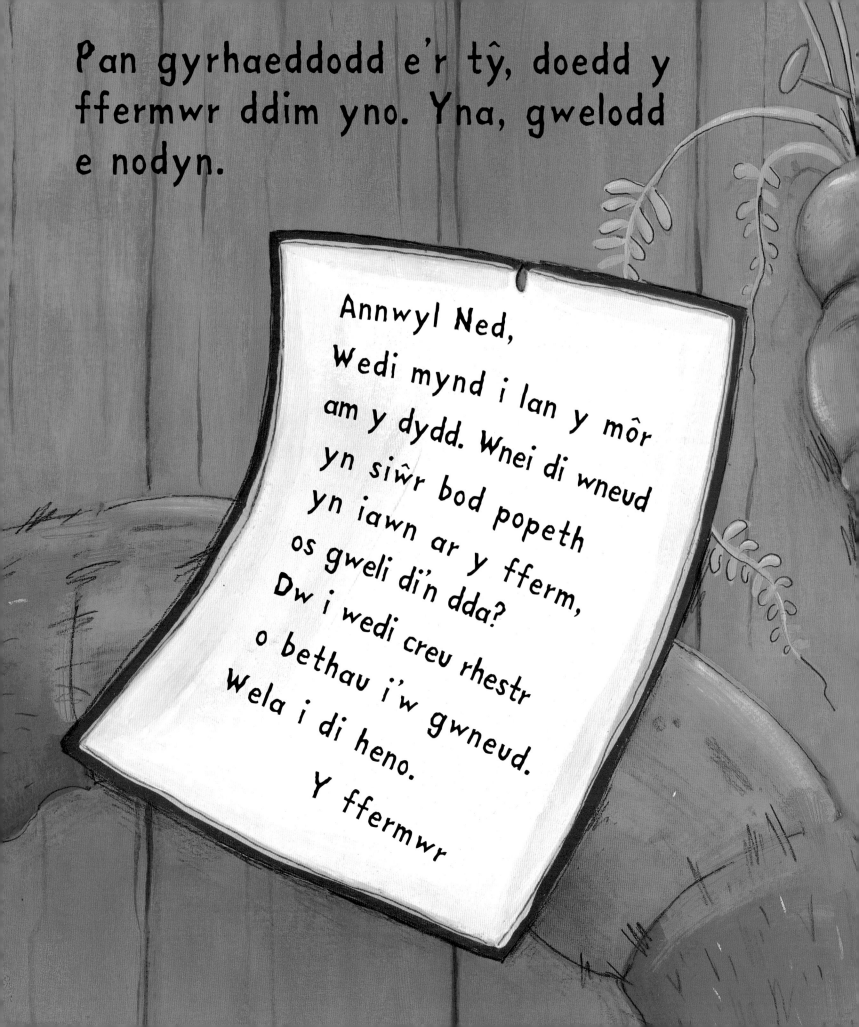

Pethau i'w gwneud:

Stacio'r gwair
Palu'r cae tatws
Godro'r fuwch
Casglu'r wyau
Casglu afalau, lemons,
mefus, ceirios
a mafon glas

Malu'r ŷd
Cneifio'r defaid
Gwasgu'r caws
Rhoi dŵr i'r blodfresych

Codi:
Tatws
Winwns
Moron
Panas
Casglu:
Pys
Tomatos
Tynnu'r bresych

Roedd y ffermwr wedi gadael rhestr hir gyda'r nodyn.

Roedd Ned wrth ei fodd fod y ffermwr wedi gofyn iddo fe ofalu am y fferm.

"Gwych!" meddyliodd Ned.
Doedd e ddim wedi gofalu am y fferm o'r blaen ond doedd e ddim yn poeni. Dydy ffermio ddim yn waith caled, meddyliodd.

Pan ddywedodd Ned wrth yr anifeiliaid eraill am y tasgau oedd ar y rhestr, doedden nhw ddim yn rhy hapus.

Roedd pawb yn gwneud esgusodion a rhedon nhw i ffwrdd i chwarae yn yr haul.

Doedd Ned ddim wedi disgwyl
i hyn ddigwydd.

CAEWCH
Y
GLWYD

Arhoswch
amdana i!

"Does dim angen eu
help nhw arna i beth bynnag!"
meddai Ned yn siomedig, ac aeth
e i'r sgubor i ddechrau ar ei waith.

Erbyn amser cinio, sylweddolodd Ned nad oedd pethau'n mynd yn dda o gwbl.

"Dydy hyn ddim yn deg! Pam ddylwn i wneud yr holl waith?" cwynodd Ned. "Yn enwedig ar ddiwrnod mor braf."

Yna, cafodd e syniad.

"Diwrnod perffaith ar gyfer picnic," meddai Ned.

"Trueni nad oes dim bwyd gyda ni i'w roi yn y fasged," dywedodd e.

O ... ydy!

Ydy, wir!

"Gwych!" atebodd Ned. Roedd ei gynllun yn dechrau gweithio.

Cyn bo hir, roedd pawb ar y fferm yn brysur. Roedd yr holl anifeiliaid eisiau paratoi rhywbeth arbennig ar gyfer y picnic.

Roedd Ned wedi synnu. Doedd e erioed wedi gweld yr anifeiliaid mor brysur. Cyn bo hir, roedd popeth yn barod.

AM WLEDD!
Roedd yna gawl llysiau, brechdanau caws a thomato a phowlen fawr o salad tatws ...

... ysgytlaeth mefus, crempogau mafon glas a tharten geirios gyda hufen iâ blasus.

Tra oedd yr anifeiliaid yn bwyta, edrychodd Ned ar restr y ffermwr.

Pethau i'w gwneud:
Stacio'r gwair ✓
Palu'r cae tatws ✓
Godro'r fuwch ✓
Casglu'r wyau ✓
Casglu afalau, lemons,
mefus, ceirios a
mafon glas ✓
Malu'r ŷd ✓ ✓
Cneifio'r defaid ✓
Gwasgu'r caws ✓
Rhoi dŵr i'r blodfresych ✓

Codi:
tws
wns

Moron
Panas ✓
Casglu

SYROP

"Gwaith gwych," dywedodd Ned. "Rydych chi wedi paratoi picnic hyfryd ond rydych chi wedi gorffen yr holl waith ar y fferm hefyd. Gan fod pawb wedi gweithio mor galed, fe gewch chi syrpréis arbennig ..."

"Reid ar y tractor!" dywedodd Ned.

"Pawb at y tractor," gwaeddodd Ned. Gwyliodd e'r anifeiliaid yn rhedeg at y tractor. Roedden nhw wrth eu bodd.

Yna sylweddolodd Ned ...

... nad oedd rhai pethau byth yn newid.

FI sy'n gyrru!
Ti yrrodd y tro diwethaf!
Bydda i'n dweud wrth y ffermwr.
Fy nhro i yw e!
Dw i eisiau mynd i lan y môr!
Dw i eisiau picnic arall!